Marguerite de Valois

La ruelle mal assortie.

Introduction & notes de Jean-H. Mariéjol

Paris. La Sirène, 29, B^d Malesherbes

Collection : *Le vieux-neuf.* 1

La Ruelle mal assortie

1575

MARGUERITE DE VALOIS, à l'âge de 44 ans (1597), d'après une miniature du manuscrit de Loÿs Papon, *Hymne à Marguerite de Valois, reine de France* (Bibl. Nat. Fds fr. 2054)

Marguerite de Valois

La ruelle mal assortie.

Introduction & notes de Jean-H. Mariéjol

Paris. La Sirène, 29, B^d Malesherbes

Collection : *Le vieux-neuf.* 1

PRÉFACE

VÉRITÉS ET HYPOTHÈSES

La Ruelle mal assortie, est l'œuvre de
Marguerite de Valois, l'une des trois Marguerite lettrées, dont la maison royale de
France est, au XVIe siècle, fleurie. Celle-
ci était fille d'Henri II et de Catherine
de Médicis, sœur des trois derniers rois
de la race des Valois et du duc d'Anjou, et femme d'Henri de Bourbon, qui,
à la mort d'Henri III, devint le roi de
France Henri IV. Petite-nièce par le sang,

et petite-fille par alliance de Marguerite d'Angoulême, sœur de François Ier, et qui avait été elle aussi reine de Navarre, elle mérite comme sa grand'tante d'être comptée parmi les meilleurs écrivains de la Renaissance française. Elle est la première en date et l'une des premières en talent des mémorialistes féminins, et elle a écrit de si jolies lettres que Brantôme en son enthousiasme ne craint pas de les mettre au-dessus de celles de Cicéron. Et c'est tout dire, car le prince des orateurs latins passait aussi pour le maître de l'art épistolaire. *La Ruelle mal assortie* est un court dialogue philosophique où Marguerite de Valois et le favori en titre démontrent chacun à sa façon l'excellence de l'amour pur et de l'autre.

Aussi belle qu'intelligente, mariée malgré elle au chef du parti protestant, qu'elle n'aima jamais d'amour, parce qu'elle était catholique ardente et qu'elle aimait ailleurs, elle prit facilement son parti, si même elle n'alla pas au-devant, des infidélités de son mari, l'infidélité faite homme. On ne saurait parler de représailles, puisque les époux, ayant constaté dès les premiers jours leur incompatibilité d'humeur, s'accordèrent à vivre sous un régime de licence mutuelle. Quoi d'étonnant qu'étant née sensible elle soit devenue une des grandes amoureuses du siècle, et si riche en liaisons qu'il n'en coûte rien de lui en prêter. Mais ce serait se faire d'elle une idée incomplète, c'est-à-dire très fausse, que de la juger uniquement sur l'exubérance de sa vie passionnelle ; il ne faut pas oublier la nature éthérée de ses aspirations et le rêve de hauteur morale où longtemps elle s'est complue, si contraire qu'il paraisse à la vérité de l'histoire.

Pendant la réclusion où la tint son frère Henri III, qui, après l'avoir beaucoup aimée, la haïssait pour des raisons qu'on ne sait pas toutes, elle commença, dit-elle, à s'adonner à la lecture et à la dévotion, « deux biens » qu'elle n'eût « jamais goustés entre les vanitez et magnificences de sa prospère fortune ». Elle découvrit Platon et son Éthique sentimentale dans ses interprètes italiens ; elle lut alors ou depuis les classiques de l'Amour pur, « l'Equicola, Léon Hebrieu » ; elle exploita jusqu'à le piller le Commentaire de Marsile Ficin sur le *Banquet,* que Guy Le Fèvre de La Boderie avait traduit en français sous le titre *De l'Honneste Amour* et qu'il lui avait dédié. Elle apprit que la beauté terrestre est une étincelle de la beauté divine, et c'est le Créateur même que cette platonicienne dévote et galante se flatta d'adorer à travers les plus belles des créatures.

Du ciel où son imagination l'emportait, son *humanité*, si l'on peut dire, la précipitait à terre. D'abord elle s'excusa de ses chutes sur la matérialité des âmes à qui la sienne s'était par malencontre appariée. Elle écrivait à l'homme qu'elle semble avoir le plus aimé, Champvallon : « Mon amour... trouvant vostre ame corrompue des vulgaires amours qui jusques à huy (aujourd'hui, c'est-à-dire jusque à elle) l'avoyent regie, ayant à combattre non seulement les vicieux appetits de vostre corps, mais encore vostre ame subornée et gagnée par leurs alechemens, vaincu de tant de persuasions a oublié la vertu compagne de toute divine essence... » Mais la répétition des mêmes défaillances et l'âge aussi l'inclinant à de nouvelles complaisances, elle se résigna toujours plus volontiers à ces sortes d'unions inégales. Le jour vint même, et probablement tôt, où il lui parut qu'elle goûtait avec ces compagnons si charnels des jouissances plus vives que « les petites voluptés qui viennent à l'âme par les yeux et la conversation ». Elle ne se contenta plus de faire l'amour « du bec », comme les « colombes ». *La Ruelle mal assortie* est l'aveu sans détour et sans honte de ce péché contre l'esprit.

Cette franchise ne laisse pas de surprendre. La femme qui exalte les plaisirs des sens est la même qui, dans ses

Mémoires, dissimule soigneusement les liaisons dont elle fut soupçonnée ou qui, si elle ne peut les taire, les explique et les innocente par les liens de parenté et les fréquentations de la vie de Cour. Les réticences, les omissions et les mensonges de l'autobiographie jurent tellement avec la sincérité du Dialogue que le lecteur s'étonne et s'inquiète de cette différence comme d'une contradiction.

C'est peut-être l'embarras ou la paresse d'accorder ces contraires qui a empêché Guessard, l'éditeur le plus connu de la *Ruelle mal assortie*, de se porter garant de son authenticité. Il l'a publiée avec les Mémoires et les Lettres, pour la Société de l'Histoire de France, mais comme s'il se faisait scrupule de lui reconnaître même parenté, il l'a reléguée tout à la fin du

volume, même après l'Index onomastique,
en guise d'appendice. Un appendice, cette
œuvre gracieuse et légère !

Il y a les meilleures raisons de croire,
comme le veut la tradition, qu'elle est de
la même main que les Mémoires. Passe
encore pour le sous-titre : *Dialogue d'amour
entre Marguerite de Valois et sa bête de
somme,* qu'on peut croire d'un copiste
facétieux. Mais le reste est bien d'elle.
Tallemant des Réaux dit expressément :
« On a une pièce d'elle qu'elle a intitulée
la Ruelle mal assortie, où l'on peut voir
quel est son style de galanterie. » Ce n'est
pas un propos en l'air, comme il en a tant
recueilli. Son oncle, le trésorier des finances
Gédéon Tallemant, fut le Mécène et l'ami
de François de Maynard, un poète d'une
forme irréprochablement correcte jusque

dans les écarts de ses Priapées. Marguerite eut pour secrétaire pendant trois ans et pour collaborateur littéraire ce bon ouvrier du verbe. Quand surgissaient en son esprit, dans la gangue d'une première conception, des idées et des images qu'elle n'avait ni le temps ni la patience ni la force de dégager et de polir, elle confiait à celui qu'elle savait un « orfèvre excellent », le soin de monter en vers les « pierreries » de son imagination. Elle n'a pas dû lui cacher sa prose, et comme ils se quittèrent fraîchement en 1607 ou 1608, il ne se croyait pas tenu au secret. Tallemant des Réaux, qui avait l'âge d'homme quand Maynard mourut, a pu savoir par ce client de sa famille l'origine royale de cette bluette.

On y retrouve les mêmes qualités que dans les Mémoires : pureté de langage,

justesse et propriété d'expression, natu-
rel, élégance et noblesse avec un peu de
préciosité. A la fin du XVIᵉ ou au commencement du XVIIᵉ siècle, il n'y avait pas
en France de prosateur qui sût écrire de
ce style-là. Les uns avaient de la force,
d'autres de l'éloquence, ceux-ci de la gra-
vité, et ceux-là de l'esprit, du meilleur
et du pire, du pire surtout. Mais aucun
d'eux ne possédait en son ensemble l'art
de bien dire ni celui de tout dire avec dis-
crétion, goût et mesure. «Ah ! disait Brantôme d'Henri III et de sa sœur, qu'il les
faisoit beau voir discourir ensemble ; car,
fust serieusement ou en gayeté, rien n'estoit
plus beau à veoyr ny à ouyr, *car tous deux
disoient ce qu'ils voulloient.* » Les réminis-
cences de l'Antiquité, des poètes et de
la mythologie : les disciples de Pythagore

astreints à la règle du silence, la tour d'airain d'Acrise où Jupiter amoureux pénètre malgré les murs et les grilles, Anteros, le frère puîné d'Éros, symbole de l'accroissement en force d'un amour partagé, l'amant assimilé à un soleil qui illumine l'être aimé, et enfin l'allusion à des contemporains, ces soldats de Philippe II, roi d'Espagne, « qui nommoyent toutes choses par leurs noms », sont caractéristiques d'une princesse de science, qui avait dans sa librairie les ouvrages des Anciens et des Modernes et qui les lisait. La distinction des vraies et des fausses voluptés annonce une dialecticienne familière avec les spéculations sur l'Amour. Un mot très rare : philaftie (φιλαυτία, amour excessif de soi-même) se rencontre au cours du Dialogue comme au début des Mémoires et apparente les œuvres.

La façon dont Marguerite traite l'amant de cœur concorde avec ce qu'on sait de son esprit hautain et de son humeur sarcastique. Il lui arrivait, dit Brantôme, de « rencontrer de bons et plaisans motz et brocarder si gentiment... que sa compaignée (sa compagnie) est plus agreable que toute autre du monde, car encore qu'elle picque ou brocarde quelqu'un, cela est si à propos et si bien qu'il n'est possible de s'en fascher, mais encore bien aise ».

Quoi qu'en dise cet éternel panégyriste, ses coups de langue n'étaient pas du goût de tout le monde ; il y avait des gens qui se forçaient à rire. Peut-être ce qu'Henri III pardonna le moins à Marguerite, ce fut les moqueries, « où les femmes étoient intéressées », sur les beaux éphèbes avec qui il vivait en une privauté équivoque. Si elle n'épargnait pas le roi de France, peut-on s'étonner qu'elle malmenât, et royalement, une créature, ce béjaune, incapable d'exprimer avec des mots l'ardeur de sa passion et l'impatience de ses désirs. « Vrayment me dois-je plaindre de vous, monsieur l'ignorant... Vous que j'ay eslevé de la poussiere et limon de la terre ; vous que j'ay fait naistre en une nuit parmi les grands, ours mal leché, niais, fat, fascheux, melancholique, et bref, pour le dire en un mot, le plus goffe (grossier) Gascon qui jamais soit sorti de son païs. » C'est le mépris d'une intellectuelle pour un « mignon de couchette », de quelque agrément qu'il lui soit. Et quelle superbe dans ce moi qui s'affirme et se répète : «Moy sous qui tout fléchit ; moy coustumiere à donner des

2

loix à qui bon me semble, et moy qui n'obéis jamais qu'à mon seul plaisir. » Ne semble-t-il pas entendre celle qui se glorifiait d'être fille, épouse et sœur de rois ?

Elle est reine, et combien femme ! Elle avait été très belle et ne se résignait pas à ne l'être plus. Dans la lettre d'envoi de ses Mémoires, où elle remercie Brantôme d'avoir dans l'éloge des reines et filles de France, peint sa beauté avec un « si riche pinceau », elle se défend, mais c'est sans conviction, de ressembler encore à ce portrait, les soucis ayant terni « l'excellence » du modèle. « Et bien que mes amis qui me voient me veulent persuader le contraire, je tiens leur jugement pour suspect, comme ayant les yeux fascinez de trop d'affection. » Au fond, elle croyait qu'ils voyaient bien ; elle oubliait l'atteinte de la quarantaine. Les ans pas-sèrent et son assurance ne faiblit point. « Mais Peton, dit-elle, à son contemplateur muet, ne sçauriez vous à tout le moins repondre pour me contenter que vous reconnoissés tous les jours en moy de nouvelles graces.... » Elle lui montrait ses mains, si naturellement belles que même mal soignées depuis huit jours, elles « ef-facent » celles de Peton et leur « feroient perdre tout leur lustre. ». « Ça donc, venez à l'adoration de tant de beautez. » Elle a le cœur toujours si jeune qu'elle ne peut imaginer que son corps ne le soit plus. Elle continue à se regarder au miroir, mais c'est en celui de l'âme.

Elle avait passé par bien des épreuves depuis ce fatal voyage de France en 1582, qui changea sa vie. Ce fut le commencement de grands malheurs qui furent la rançon de ses appétits amoureux. Aussi a-t-elle arrêté ses Mémoires à la veille de son départ, comme si elle aurait désormais trop à faire pour se justifier. Revenue de la lointaine Gascogne après une absence, qui lui avait duré, de quatre ans, elle scandalisa tellement Paris et la Cour par sa fringale de plaisir qu'Henri III en profita pour la chasser ignominieusement du Louvre. Le roi de Navarre, si indulgent qu'il fût, et pour cause, aux faiblesses du cœur et des sens, refusa plusieurs mois de recevoir une femme diffamée à la face du monde. Il consentit enfin, sur les instances de la Reine-mère, à se réconcilier avec elle, mais ce ne fut qu'en apparence. Il était lui-même éperdument épris de la comtesse de Gramont, la belle Corisande, une maîtresse fière et impérieuse, qui, s'estimant d'assez grande maison pour l'épouser, avait hâte de se débarrasser de cette intruse légitime. Marguerite, épouvantée par les menaces de sa rivale et furieuse des dédains de son mari, se retira dans Agen, la capitale de son comté d'Agénois.

Ce ne fut pas sa moindre faute. Quand, à la mort du duc d'Anjou, le roi de Navarre devint de par la loi salique le successeur éventuel d'Henri III à la couronne de France, elle s'unit aux catholiques ardents qui voulaient l'exclure, comme hérétique, de ses droits. Les chefs de la Ligue avaient résolu, pour prévenir l'avènement d'une dynastie protestante, d'obliger le roi de France, et, au besoin, par la force, à faire au prétendant légitime une guerre d'extermination. Par haine, par peur, peut-être par esprit de prosélytisme, la femme de l'héritier présomptif prit les armes contre l'héritier présomptif.

Malgré la ferveur de sa foi catholique, Henri III détestait un parti qui incriminait sa politique de paix, lui dictait des ordres, l'humiliait en sa dignité et travaillait à le mettre en tutelle. Il s'en prit à Marguerite qui lui paraissait doublement coupable comme sujette et comme sœur. Sous main il excita les bourgeois d'Agen, las des impôts, de la soldatesque et des hostilités, à mettre leur belliqueuse comtesse à la porte. Elle courut avec son escorte de ligueurs se réfugier à Carlat, une forteresse haut perchée de la Haute Auvergne, mais elle fut, après un séjour d'un an, contrainte encore d'en sortir

pour sauver d'Aubiac, un amant très
cher, que Lignerac, le bailli des montagnes,
jaloux, menaçait de précipiter des
murailles. Le frère ennemi avait prévu
la fuite et la poursuite , l'amoureuse
fut prise en quête d'un asile et embastil-
lée près d'Issoire dans le château d'Usson.

On sait qu'elle séduisit ou acheta le
marquis de Canillac, son geôlier, et resta
maîtresse en sa prison. Mais ce fut toute
sa liberté. Pendant longtemps elle ne fut
assurée même de sa vie qu'au dedans de
l'enceinte des remparts. Après le meurtre
des Guise, les chefs de la Ligue, la guerre
civile fit rage dans tout le royaume.
Henri III périt de la main d'un moine
fanatique. Le roi de Navarre, qui lui suc-
céda, eut à conquérir le royaume de
France à la pointe de l'épée. Sa femme

même était l'amie de ses ennemis. Mais ces époux encore plus mal assortis que les deux acteurs de *La Ruelle* avaient besoin l'un de l'autre, elle, pour recouvrer les revenus dont elle était privée depuis sa rupture avec les deux rois et en finir avec la maigre ressource des expédients, lui pour la faire consentir à un divorce qui lui permettrait de prendre une autre femme et d'avoir des enfants. Le projet de séparation fut le premier pas vers leur rapprochement. La conversion d'Henri IV au catholicisme fit plus que toutes ses victoires pour le retour de ses sujets à l'obéissance. Absous par le pape, il sollicita de lui la dissolution d'un mariage, qui depuis longtemps était dissous en fait.

Même lorsqu'Henri IV eut épousé Marie de Médicis, Marguerite ne quitta pas immédiatement Usson. Elle y passa en tout dix-neuf ans (1586-1605), toujours plus libre à mesure que la pacification générale s'étendait. Mais avant sa réconciliation avec le Roi, la vie avait été rude pour cette reine déchue « parmy les rochers, les déserts et les montagnes d'Auvergne », en cette forteresse à triple enceinte perdue sur une hauteur. Elle s'y gardait et s'y fortifiait, guettée successivement par tous les partis, royaux et ligueurs. Point de Cour, peu de relations, la gêne et presque la misère, une province désolée par la guerre et, même en pleine paix, troublée par la sur-vivance des habitudes de désordre, de rapine, de violence. Elle n'avait que trente-trois ans quand elle s'enferma dans ce château, qui, par bonheur pour elle, inaccessible, lui fut, pendant ce déluge

de fureurs, une « arche de salut ». En cette
sorte de réclusion, elle remplit le vide et
la monotonie des jours, comme elle pouvait ou comme elle devait, priant, lisant,
écrivant, célébrant en vers et en musique
ses amours passées, et, sans remords ni
regrets, s'abandonnant à la joie de vivre.

« Pour les femmes du monde, dira plus
tard La Bruyère, un jardinier est un jardinier et un maçon est un maçon ; pour
quelques autres plus retirées, un maçon
est un homme, un jardinier est un homme.
Tout est tentation à qui la craint. » Mais
Marguerite l'aurait plutôt affrontée. Elle
qui avait eu pour adorateur le duc de
Guise, dans le feu de la jeunesse et le premier éclat de sa gloire militaire ; Bussy
d'Amboise, le roi des gladiateurs; Champvallon, le plus beau des hommes, et tant

d'autres grands seigneurs, elle se réduisit dans cette solitude à chercher son contentement sans acception de classe sociale, parmi sa domesticité noble et roturière. « Elle a, dit Scaliger, qui lui fit visite à Usson, des hommes tant qu'elle veut et les choisit. » Entre les services de Cour s'introduisit celui du cœur et il ne cessa plus d'avoir des titulaires. Pominy, un chantre, avait été à Usson grand favori. Quand Marguerite quitta l'Auvergne pour Paris (1605), Saint-Julien, qui fut assassiné par un envieux, Bajaumont et Villars tinrent le même emploi à l'Hôtel de Sens, dans le Palais du quai des Augustins, et à la maison des champs d'Issy.

C'est assurément à cette époque d'amour officiel que fut composée *La Ruelle mal assortie*. Quelque idée que Marguerite

eût des privilèges de sa grandeur, elle ne
se serait pas permis de produire les courti-
sans les plus raffinés de la Cour des Valois
dans le rôle humilié d'un parvenu de
fraîche date que gêne l'attache trop ser-
rée de ses bas. Turenne et Champvallon,
qui l'avaient « servie », pour parler la
langue du temps, pendant son séjour en
Gascogne, étaient, celui-ci d'une branche
des Harlay apparentée aux Stuarts, et
grand écuyer du duc d'Anjou, et celui-là,
de plus haute naissance encore, petit-
fils d'Anne de Montmorency et cousin à la
mode de Bretagne de Catherine de Médicis. Du malheureux Aubiac qu'Henri III
fit pendre, quoique gentilhomme, pour
avoir compromis par une faveur trop
publique la réputation de la reine de
Navarre et le prestige des femmes de la

maison de France, elle n'aurait pas tracé
cette image moqueuse. En ces jours d'ardente passion de Carlat qui précédèrent
la tragédie, il n'y avait pas place pour
une saynète. Il faut chercher plus bas
dans le groupe des valets de cœur.

En effet le figurant du Dialogue ne
paraît pas un être imaginaire. Un modèle
a posé : un adolescent, aussi riche en dons
du corps que dépourvu de ceux de l'esprit,
et il est fidèlement reproduit. C'est un
Gascon nouvellement arrivé de sa province et qui a retenu l'accent et la rudesse
du terroir, un « goffe gascon », gentilhomme
sans doute, car la Reine n'aurait pas rêvé
d'en faire un grand, s'il était roturier, et
elle se serait contentée d'en faire un noble.
Elle le veut richement attifé, en couleurs
claires pour donner du « lustre » au visage,

avec une « fraise, une épée, une plume »
au chapeau, joli et pimpant, mais pour
l'usage exclusif de celle qui fait les frais de
la toilette. Elle le cloître, le surveille, le
soupçonne, et le raille de fréquenter des
femmes qui sont des « sottes », à d'autres
fins sans aucun doute que le plaisir de la
conversation. Il est sa chose, qu'il ne l'oublie pas, et c'est à elle, à elle seule qu'il
doit donner des marques sensibles de
tendresse.

Or des serviteurs attachés à la chambre
de la Reine — de ceux du moins dont l'histoire ou la satire a conservé les noms, —
il n'y en a qu'un qui ressemble à ce portrait peint au vif, c'est Bajaumont. Pominy, fils d'un chaudronnier du Puy et
« maistre chorier » de la cathédrale, appelé
à Usson, pour enseigner les enfants de

chœur, et devenu si cher à Marguerite qu'elle le nomma secrétaire et l'anoblit, était un Auvergnat, d'origine italienne peut-être, qui, tant qu'il plut, gouverna toutes les affaires de sa maîtresse, un maître homme qu'elle n'eût pas osé rudoyer.

Date, autrement dit Saint-Julien, fils d'un charpentier d'Arles, jeune Provençal anobli pour ses mérites physiques, aspirait lui aussi à être mieux qu'une « bête de somme ». Il fut assassiné par le fils d'une dame d'honneur, ancienne favorite de la Reine, le jeune Vermont, qui ne lui pardonnait pas d'avoir ruiné le crédit de sa mère et peut-être aussi d'occuper la charge où il pouvait lui-même prétendre. L'amante furieuse voulut voir de ses yeux l'exécution du meurtrier. Ce drame de volupté et de sang jurerait avec .une amusette philosophique telle que la *Ruelle mal assortie*.

Son dernier amour, le chanteur Villars, surnommé le roi Margot, partant en pélerinage, un matin d'octobre 1613, à nuit noire, nu-pieds, tandis que remise à peine d'une grave maladie, elle le suivait deux heures après, en litière, et allant avec elle rendre grâces à Notre-Dame-de-Victoire, près Senlis, de l'avoir guérie, fait figure d'officiant en cette fin de vie toujours plus dévotieuse, encore qu'elle ne cessât pas d'être galante, et il venait trop tard pour donner la réplique dans un badinage à la gloire de la sensualité.

Mais l'avant-dernier, si du moins l'on n'oublie personne, Bajaumont, répond trait pour trait au signalement du Dialogue. Cadet de Gascogne, fils ou parent du Sénéchal de l'Agénois, un vassal de Marguerite, c'était, dit un pamphlet du temps, « le plus parfaict sot qui soit jamais arrivé dans la Cour ». « Le Mayne », c'est-à-dire le poète Maynard, ne réussit pas à dégrossir ou, comme on disait alors, à « civiliser » ce rustre. Mais il était jeune, et si beau et si bien fait! Il fut élevé au poste de Saint-Julien et ne fut pas moins chéri. La Reine le faisait célébrer par Daudiguier, un soldat-poète, comme une merveille de la nature, et trôner avec elle, dans un pavillon de sa maison des champs, un Olympe à l'image réduite de celui du Jupiter du Louvre, le Petit Olympe d'Issy, dont Bouteroue, autre rimeur attitré, chantait les beaux jardins, les « près herbus » et les eaux « ondoyantes ».

Pour le récompenser de la passion qu'il lui inspirait, elle lui donna une abbaye. Elle était jalouse et chassa de sa petite Cour Mlle de Choisy, que le favori regardait avec trop de complaisance. Elle le caressait trop, mais elle le soignait bien. Son Livre de Comptes mentionne le 12 septembre 1609 le paiement de « dix écus d'or en or » à cinq médecins appelés en consultation pour « Monsieur de Bajaumont », et le 24 celui de trois cents livres à l'apothicaire de ce « gentilhomme d'honneur ». Henri IV, amusé par l'éternelle jeunesse de Marguerite, s'intéressait à la santé de son compagnon de fête.

A l'âge où les femmes les plus galantes tournent décidément à la spiritualité, elle ne renonçait pas aux plaisirs du monde et même s'attachait aux moins immatériels.

Des raisons qui l'empêchaient de sacrifier la nature à la grâce, on peut en imaginer plusieurs, pour avoir quelques chances de découvrir la vraie. Dans ses Mémoires, elle avait arrangé à sa façon ou escamoté son histoire passionnelle. Se serait-elle lassée de mentir toujours, et, pour libérer sa conscience, a-t-elle voulu dans la *Ruelle mal assortie* confesser sur le papier le secret de ses faiblesses d'arrière-saison ? Mais vraiment elle a trop de plaisir à conter la faute, pour faire figure de péni-tente. Non, l'aveu de la fin est plutôt une suggestion de la vanité. Incurablement coquette, elle se flattait à cinquante ans sonnés d'inspirer le grand amour aux élus de sa faveur. Ce n'était pas merveille qu'elle eût été recherchée en son prin-temps et son été, étant, dit le froid Montaigne, de ces « divines, supernaturelles et extraordinaires beautez qu'on voit parfois reluire entre nous comme des astres, soubz un voile corporel et terrestre ». Mais quelle gloire au déclin de l'automne de se persuader à soi-même et aux autres que le mignon, ce jouvenceau, est tellement épris d'elle que sa langue est liée et ses sens asservis, « en façon que ce qu'un autre amoureux employeroit à dire », il l'emploie « à desirer ».

En cet extrême renouveau, elle n'avait plus rien ni personne à ménager. Si dans *la Ruelle mal assortie* elle étale les passions qu'elle cache dans les *Mémoires*, c'est que d'une œuvre à l'autre intervient l'annulation de son mariage (1599). Quand elle rédigeait son autobiographie, la procédure était en cours et il lui importait d'énumérer les infidélités de son mari et de réduire à rien les siennes, afin de faire valoir d'autant le prix de sa renonciation à la Couronne de France. L'adultère et la stérilité n'étant pas des causes dirimantes d'une union légitime, la Cour de Rome ne consentirait à rendre au roi de France sa liberté que si elle déclarait elle-même, comme il était vrai, que Charles IX et la Reine-mère l'avaient contrainte à l'épouser. Elle se prêtait à ce dénouement, mais elle ne voulait pas qu'on pût croire que c'était par conscience de son indignité. Elle n'était pas plus coupable que son mari, et, pour le mieux démontrer, elle se laissait croire tout à fait innocente. Mais après qu'elle eût cessé d'être, de par les lois divines et humaines, la femme du roi de France, quelle raison, à défaut de vertu, pouvait la détourner de vivre sa vie et de crier la vie qu'elle vivait.

Est-ce enfin une trop grande hardiesse de supposer un rapport entre la composition de *la Ruelle mal assortie* — qui s'accorde si bien avec l'apogée du règne de Bajaumont de 1607 à 1609 — et la vogue inattendue à la même époque d'une nouveauté ou, pour être plus exact, d'une survivance littéraire. La théorie du pur amour, empruntée à Platon par les Italiens du *Cinquecento* et aux Italiens par les poètes de l'école lyonnaise et l'entourage de Marguerite d'Angoulême, la grand' mère par alliance de Marguerite de Valois, s'était, sous les règnes de François Ier et d'Henri II, répandue dans les plus hautes classes et imposée comme une des formes de l'Idéal. Mais le hideux réalisme de

guerres plus que civiles l'avait si profondé-
ment refoulée qu'on la croyait perdue. Et
soudain elle venait de reparaître aux
approches de la paix et elle s'étalait aux
boutiques des libraires. Jamais il ne se vit
autant de romans aux titres significatifs :
les *Chastes et Fidèles amours*, les *Chastes
et Constantes amours*, les *Infortunées et
chastes amours* que pendant quinze ans de
la fin du xvie au début du xviie siècle.
L'*Astrée*, dont la première partie fut publiée en 1607, consacra le triomphe du
genre sentimental. Écrivains et gens du
monde recommencèrent à distinguer la
Vénus céleste de la Vénus terrestre, et à
opposer les « vrayes voluptés » qui viennent
de l'âme aux « fausses voluptés » qui « pro-
cèdent des sens extérieurs ». Marguerite
a dû s'amuser de ce débordement de quin-

tessence. Que les traités de morale commandent et que la poésie exalte un effort de renoncement surhumain, il n'y a rien là que de conforme à leur objet, qui est d'élever l'homme au-dessus de lui-même, mais que les romans qui prétendent à représenter la vie réelle, en donnent une image aussi fausse, n'est-ce pas matière à raillerie ? L'amour n'est pas un acte d'adoration perpétuelle sans espoir de récompense, ni la simple communion des âmes, ni un regard sur le divin, ou bien, s'il y apparaît quelque chose de tout cela, il est par-dessus tout un attrait sensible qui pousse deux êtres de chair à se rapprocher et à s'unir.

La Ruelle mal assortie, c'est la preuve en action de la vanité des rêves contre nature. Avec l'audace tranquille d'une

femme que son rang dispense des préjugés,
Marguerite se met elle-même en scène et
se livre en exemple. Après quelques mi-
nauderies sentimentales — un hommage
et un adieu à Platon — elle se glisse aux
bras du mâle qui n'est qu'un mâle et,
tout éperdue, avoue que l'«ébattement du
corps » surpasse en plénitude savoureuse
les « mille petites délicatesses qui se
trouvent en l'entretien et communication
des esprits ».

Mais si elle décrit en une page très
vive la volupté ressentie, la délicatesse
des mots adoucit la précision des traits.
Elle ne cesse pas de parler le langage de
l'âme pour exprimer le trouble des sens.
Même quand elle traduit le frisson pas-
sionnel, elle ne choque pas la pudeur ;
elle glorifie en termes purs la victoire de

l'impureté. C'est par ce contraste entre les actes et les paroles que se révèle chez elle un sens délicat des bienséance fémi- nines, développé par la vie de Cour et raffiné encore par le caractère de sa cul- ture philosophique. Quoique en révolte ouverte contre le platonisme, elle se sou- vient d'avoir été, ne fût-ce qu'en théorie, platonicienne. De sa communion de pen- sées avec la plus noble intelligence du monde antique, il lui reste le dégoût de la vulgarité et de la laideur. La chasteté littéraire fut la dernière et suprême mani- festation de son idéal de beauté morale.

JEAN-H. MARIÉJOL.

La Ruelle mal assortie a été imprimée pour la première fois par Charles Sorel, l'illustre romancier et polygraphe du XVIIe siècle, dans le *Nouveau Recueil des pieces les plus agreables de ce temps,* sous le titre : *La Ruelle mal assortie ou entretiens amoureux d'une dame eloquente avec un cavalier gascon plus beau de corps que d'esprit et qui a autant d'ignorance comme elle a de sçavoir. Dialogue vulgairement appelé la Ruelle de la R. M.* Paris, Nicolas de Sercy, 1644 [1].

C'est la pièce que dans la Collection intitulée le *Trésor des pièces rares ou inédites,* Ludovic Lalanne réédita, titre compris, sauf la dernière phrase : *Dialogue,* etc. à laquelle il substitua cette indication

1. B. N., Z $\frac{2179}{C}$.

par Marguerite de Valois. Paris, Aubry, 1855, *Introduction par Lud. L.*

Guessard, qui ignorait le recueil de Sorel, l'avait publiée en 1842 comme inédite, à la suite des *Mémoires et Lettres de Marguerite de Valois* (Société de l'Histoire de France), avec ce sous-titre qui est probablement d'un copiste : *Dialogue d'amour entre Marguerite de Valois et* sa *bête de somme* (Société de l'Histoire de France), et il en aurait fait, dit-on, des tirages à part. C'est son texte qui est reproduit ici, mais amendé. Le manuscrit du fonds Fontanieu qu'il a suivi semble perdu, mais il en existe un autre (Fonds français, 4779), où manquent d'ailleurs quelques lignes, et qui lui a échappé. Il lui eût permis de corriger trois ou quatre passages et de mettre par exemple : p. 1,

Souhaits au lieu de *soleils*, qui n'a pas de sens ; p. 5, *mets dont on ne se desjeune point dans vostre païs*, au lieu de *mots dont on ne se doute point*, une forme peu savoureuse ; *le temps que vous prenez pour vous y jouer* (en vos déduits, en vos plaisirs), au lieu de *pour vous louer*, qui est inintelligible et insipide.

Ces trois changements et les notes explicatives de la fin, outre la difficulté de consulter le *Recueil* de Sorel et de retrouver les exemplaires de Lalanne ou les tirages à part de Guessard, suffiraient à justifier cette nouvelle édition qui, sans apparat hypercritique, ne prétend qu'à faire lire quelques jolies pages de notre langue.

LA RUELLE MAL ASSORTIE

DIALOGUE D'AMOUR
ENTRE MARGUERITE DE VALOIS
ET SA BÊTE DE SOMME

———

— Hé ! Dieu vous gard, beau Soleil !
Que veut dire qu'aujourd'hui, plus tard
que à l'accoustumee vous ayés eclairé
mes yeux ?

— Je ne sçay.

— Comment, je ne sçay ? Vos desirs,
vos souhaitz, et toutes vos actions ne

tendent-elles pas à me plaire ; et ne sçavés vous point qu'absente de vous je suis en tenebres continuelles et en attente perpetuelle que vous me rameniés le jour ?

— Je viens quand vous me mandés venir.

— Si je n'envoyois vers vous, vous ne viendrés donc point, et me laisseriés assommer parmy mes ennuis : je vous apprens qu'un vray amant doit estre tousjours en impatience, bruslant de desir de voir la chose aymée, et n'attendre point de message, de semonce, ny d'heure comme vous.

— Je suis captif et despends de vos volontés.

— Vous appelés donc captive ma prison, au lieu d'un doux paradis de delices, et trouvés une grande contrainte de despendre de mes volontés ; je veux devenir desormais, si je puis, un peu plus rigoureuse, afin que vous sçachiés quel il y fait quand je suis en mauvaise humeur.

— Je prendray patience en mon tourment.

— O Dieu, quelle responce ! Mais laissons ces discours, vous estes aujourd'hui trop beau pour se mettre en colere. Jesus ! que vostre rabat est bien mis.

— Vous me defrisés et gastés toute ma rotonde.

— Elle en sera mieux toute la journée, puisque ces belles mains ont passé par dessus ; mais, sçachons un petit, n'auriés vous point quelques nouveaux desseins ? Ces dames, sur qui vous tour-

nés si souvent les yeux, vous auroient
elles point donné dans la veue ? Res-
pondés. Je sçay bien ce que peut un
nouvel objet sur une ame inconstante.

— Ce sont toujours de vos opinions.

— Mais il le faut sçavoir ; en vain
auriés vous pris aujourd'huy cette
bonne mine. Est il pas croyable que
vous avés nouvel oracle à consulter ?

— Cela ? Moy ? Rien... Nullement...
Quelconque.

— Mais dites sans mentir, petit rusé,
qui devés vous voir aujourd'huy ?

— Je ne pense pas voir que vous.

— Que moy ? Je vous ay donc sem-
blé plus belle que à l'accoustumée. Ça,
mon miroir, qu'en dites vous ? Certes
il me tesmoigne qu'il en est quelque
chose, encore que ma perruque est

toute defrisée, et mon rabat bien noir.
Que vous en semble, n'ay je pas de quoy
donner de la passion à un honneste
homme ?

— Vous me semblés la belle Venus.

— Et vous me semblés son petit
Adonis, bien plus douillet et plus affeté
qu'il n'estoit, mais bien moins amoureux que luy. Qu'en est il ? Dois-je
croire que vous m'aimés, et que les
demonstrations que vous en faites
soient à mon occasion, ou bien pour
l'amour de vous mesme ; car les jeunes
gens de ce temps ont beaucoup de
considerations en leurs desseins, et cette
douce *philaphtie* [1] a un grand pouvoir
sur les ames.

— Que veut dire philaphtie ?

— Ce sont mets dont on ne se des-

jeune point en vostre païs ; demandés le
à ces sottes que vous aymés tant, je
croy qu'elles le vous interpreteront
proprement. Mais, mon petit Peton,
quand je vous regarde, je vous trouve
fort bien vestu, et faut dire la verité,
ces couleurs claires donnent un grand
lustre au visage, et les bas attachés
agensent fort une belle taille.

— Ils contraignent bien en récompense (en compensation).

— Ho ! Ho ! Je voy bien que c'est ;
vous voudriés que je vous laissasse
porter des valises pour estre à vostre
ayse ; il n'en sera pas ainsi. Il faut des
bas entiers, une fraise, une espee, une
plume, et sçavoir parler, si vous voulés
ressembler à un homme.

— Il m'est bien advis que je suis fait
comme un homme.

— Vous vous imaginés de ressembler un grand : personne n'y contredit ; mais considérés vous bien quand vous ne dites mot, [ce] qui est le plus souvent, et vous verrés combien peu de difference il y a de vous à une statue.

— J'en voy d'autres qui ne parlent point.

— Aussi void on force oiseaux et peu de perroquets : plus la chose est rare et plus elle est desirée, et mesmement de moy, qui suis en cela de l'humeur des bellettes et des coulombes, je prens plaisir comme elles à faire l'amour du bec.

— Non pas tousjours.

— C'est donc pour satisfaire à vos brutaux desirs, et pour complaire au corps de je ne scay quoy dont il a besoin ; car mon inclination ne tend qu'à ces petites voluptés qui proviennent des yeux et de la parole, qui sont, sans comparaison, d'un goust plus savoureux et de plus de douceur que cet autre plaisir que nous avons de commun avec les bestes.

— Je prends grand plaisir à faire la beste.

— Vous avés raison, car c'est sans contrainte et sans prendre grande peine, et croy qu'il faut bien, veu l'antipathie de nos humeurs, la discordance de nos genies et la dissemblance de nos idées, qu'il y ait quelque vertu secrette qui agisse pour vous ; autrement, à vous bien prendre, vous estes plustost digne de ma haine que de mon affection. Qu'en pensés vous ? Croiés vous que l'Antheros [2] que vous elevés

augmente ainsy mon amour, et que
leurs mutuels regards et leurs volontés
reciproques contribuent à leur accroissement ?... Quoy ! vous me repondés
des epaules, et sacrifiés au silence plus
tost qu'aux graces. N'entendés vous
point ce langage ? avés vous si peu
proffité pres de moy, et si peu retenu
des preceptes d'amour que vous en
ignorés les principes ?

— Je vous aime byen sans tant phi-
losopher.

— Mais, Peton, ne sçauriés vous à
tout le moins respondre pour me contenter que vous reconnoissés tous les
jours en moy de nouvelles graces, qui
augmentent vostre amour ; que cet
amour vous cause des desirs insuppor-
tables ; que vous estes contraint d'avoir

recours à ma misericorde, et que si vous ne le pouvés meriter, vous aymés mieux la mort qu'une vie si ennuieuse ?

— La veue en decouvrira le fait.

— La veue peut errer, car nos soupirs peuvent aussi tost provenir pour quelque difficulté survenue au conduit de la respiration, comme pour le trop attentif arrest que vous peuvent causer les contemplations de ma beauté. Vostre couleur blesme pareillement peut naistre de quelque indisposition cachee, comme de ce que le sang, qui devroit colorer vostre teint, a couru au secours du cœur qui patit à mon occasion ; et quant aux larmes qu'on croid prendre origine en la propre source d'amour, on tient qu'elles peuvent estre aussi tost feintes que veri-

tables ; elles ne sont pas moins indices d'un cœur colere, depité et malicieux, que d'un cœur doux, traitable et benin [3].
Je vous ai dit tant de fois que vous feriés bien mieux d'employer le temps à lire l'*Equicola, Leon Hebrieux* ou *Marcel Ficin* [4], qu'en l'entretien de ces coquettes qui parlent tousjours et ne disent rien, que je suis lasse de vous en tant crier.

— Vous ne me donnés pas le loisir de dormir.

— Vous le sçavés bien prendre pour entretenir vos maitresses à vos heures. Je sçay vos anabaptistes [5] deduits et le temps que vous prenés pour vous y jouer. Que si je le souffre, c'est que je vous desdaigne et que je ne desire pas mieux vous punir que de vous sçavoir en mauvaise compagnie.

— Mon deduit est ma chambre, où vous me tenés tousjours enfermé.

— L'Amour est le maistre des inventions, les aisles lui sont donnees pour entrer partout, et la tour d'airain d'Acrise[6] etoit bien mieux fermée que vostre chambre ; et toutefoys Jupiter entra dedans : tout y est rempli de Jupiter ; et puis, où est-ce qu'un beau soleil comme vous n'entre point ?

— Ne dirés vous oncques bien d'aucune femme ?

— Je ne blasme point celles qui se contentent d'estre servies d'un si honneste homme, et lorsqu'il ne s'agit que d'une honneste conversation de la parole et du regard : J'en blasme seulement l'effusion de sang de ceux qui, comme vous, sont gladiateurs à outrance.

— Sans cela, le reste est jeu de petit enfant.

— Ainsi le tiennent les grossiers et ignorans comme vous, qui, n'ayant de quoy continuer longuement un discours, veulent venir aussi tost aux prises, interrompant mille petites delicatesses qui s'esprouvent en l'entretien et communication des esprits.

— J'ayme bien mieux le corps que l'esprit.

— L'esprit, pourtant, est bien plus à aymer, c'est lui qui tient le cœur quand la beauté l'a pris ; mais il faut, malgré la raison, que chacun ayme son semblable ; et pour vous la cause en est, sans guere subtiliser, que vous estes tout corps et n'avés point d'esprit, et ne sçauriés juger des vrayes voluptés, en tant qu'elles viennent de l'ame par raison de science ; mais ouy bien des fausses voluptés, parce qu'elles procedent des sens exterieurs ; et encore en jugés vous bien mal le plus souvent, vous laissant coiffer si aisement à toutes les laides qui se présentent.

— Aussi bien je ne suis coiffé que de vous.

— Il paroist bien du contraire en vos inquietudes et en vos yeux pleins d'impatience, qui sont tousjours en queste de proye nouvelle, et qui semblent aller chantant avec Ronsard qu'il n'est :

« Rien de si sot qu'une vieille amitié[7] »

mais je suis encore plus sotte de m'en

soucier, comme si vous en valiés bien
la peine, moy sous qui tout flechit ;
moy coustumiere à donner des loix à
qui bon me semble, et moy qui n'obeis
jamais qu'à mon seul plaisir ! Vrayment me dois je plaindre de vous,
monsieur l'ignorant, de me faire servir
de couverture ; vous que j'ay eslevé
de la poussiere et limon de la terre ;
vous que j'ay fait naistre en une nuit
parmi les grands, ours mal leché, niais,
fat, fascheux, melancolique, et, bref,
pour le dire en un mot, le plus goffe
(grossier) Gascon qui jamais soit sorti de
son païs. Avés vous point encore recon-
nu que ce que j'en ay fait jusques icy,
c'estoit pour me mocquer de vous et
pour vous precipiter en mesme temps
que vous auriés commencé d'esperer.

Apprenés, si vous le ne sçavés, que je ne sçaurois, ni ne veux, ni ne puis aymer un sot, un ignorant.

— Si vous pouviés pis, vous le diriés.

— Je suis comme les soldats de Philippes[8], qui nommoient toutes choses par leur nom ; autant que vous persisterés en vos sottes amours, vous n'aurés autre nom de moy que sot ; et tant que vous serez sans sçavoir parler, je vous nommeray ignorant.

— Si je ne suis sçavant, patience.

— Si croiois je qu'en vostre age le temps et ma peine pourroient enfin faire quelque chose de bon de vous, et qu'ainsi que d'un champ fertile je retirerois quelque utile moisson ; mais je m'aperçoys bien que ce terroir est sterile, et qu'en vain j'ay semé, et que vostre rude nation ne se peut defricher ni changer. Voiés vous pas quelle extase vous tient, et que tout aussi muet qu'un poisson, vous estes le symbole du silence. Et, vous en prie, l'objet present est-il si indigne de vos regards et de vos paroles, que vous teniés ainsi la bouche close et les yeux fermés ? Coupons ce filet, de graces, et ne soyés plus si longtemps disciple de Pythagoras [9]. La pie romaine, apres avoir medité quelques jours, sçut imiter les sons qu'elle avait ouis [10], et tout, hormis vous, sçait enfin faire son proffit des leçons qu'il oit et qu'on lui dicte. Sçachons donc, en un mot, pourquoi ne parlés vous ?

— Vous en estes la cause.

— Comment en serois je la cause ?

Ne vous convié je pas assés à parler, et ne vous ouvré je assés de sujets ? Expliqués nous vostre laconique, ou permettés moy que je fasse deux personnages, et que je responde pour vous. Est ce qu'offencé de mes verités et de quoy je me mocque ordinairement de vous, la colere et le mal que vous m'en voulés vous ostent l'envie de rien dire ; ou est ce que, naturellement sot et honteux, vous ne sçachiés proferer ni exprimer vos conceptions ; ou bien est ce que le trop d'amour lie vostre langue et occupe vos sens, en façon que ce qu'un autre moins amoureux employeroit à dire, vous l'employés à desirer ?

— Voilà la pure verité.

— Je ne croiray rien que sur bons

gages, toutefois cette petite rosée qui distile le long de vos joues veut que j'y adjouste quelque foy. Ça, que je ramasse dans ce linge et que j'en asperge l'autel de ma vanité ; mais adjoustés aussi qu'il n'y a que ces belles mains qui soyent dignes de cette offrande ; voyés les bien, et, quoique je ne les aye decrassées depuis huict jours, gageons qu'elles effacent les vostres, et que, toutes mal soignées qu'elles sont, elles leur feroient perdre leur lustre. Causons, causons, je ne veux plus vous fascher.

— Je vous en aymeray davantage.

— C'est tout ce que je demande de vous. Imitant les Dieux, j'ayme beaucoup mieux l'obeissance que sacrifice ; et me plaisant ainsy qu'eux en mes œuvres, je desirerois vous pouvoir rendre tel que j'eusse de l'honneur en ma nourriture, et par mesme moyen me payer par mes mains de ma peine avec le plaisir que je tirerois de vostre parlante conversation. Çà donc, venés à l'adoration de tant de beautés, et baisant ces mains que je vous presente, escoutés et retenés ce que vous devriés dire, et ce que je voudrois ouir, et dites comme moy : « Pourquoy ne pouvés vous, belle royne de mes pensees, fortifier mon cœur contre tant d'apprehensions qui l'assaillent, affermissant en sorte cette mienne felicité que je puisse desormais vivre sans crainte d'en estre depossedé ? Pourquoy consentés vous que ce doute continuel où je suis de vous perdre rende ainsi moins contente ma vie, ma gloire moins parfaite,

et mon ayse moins accomplie ? Suis je
pas cet adorateur de vos graces qui ne
respire que vostre nom, qui, en action
perpetuelle de desirer ce que je voy et
d'admirer tout ce que j'oy, ne sçais,
ravi de tant de merveilles, lequel eslire,
ou d'estre tout yeux pour vous regarder, ou tout oreilles pour vous ouïr ? »

— Vous me l'avez osté de la bouche.

— A la vérité c'est de vostre style ;
mais voyons comme vous me l'eussiés
dit et avec quelle grace vous sçauriés
proportionner vos paroles à vostre passion ?

— Pourquoy, belle royne des miennes
pensées, fortifiés vous mon cœur d'ap-
prehension, assaillant, affermissant en
sorte la mienne felicité que je puisse
vivre sans estre depossedé ? Pourquoi

consentés vous qu'un doute perpetuel de vous perdre contente ma vie, gloire parfaite et aide accomplie ? Suis je pas cet adorateur de vos disgraces qui ne respire que vostre renom d'un perpetuel desirer ce que je vois et ruminer ce que j'ois, qui, ravy de merveilles, ne sçay lequel eslire, ou d'estre tout yeux pour vous voir, ou tout oreilles pour vous ouïr ?

— Voilà bon galimatias ; il faut confesser qu'il n'y a pas grand peine à vous faire declarer une beste, advouant que j'ai tort de vous faire parler, puisque vous avés trop plus de graces à vous taire ; et faut occuper desormais vostre bouche à un autre usage, et en retirer quelque sorte de plaisir, pardonnant à la nature qui employant

tout à polir le corps, n'a rien peu reser-
ver pour l'esprit. Gardés ce beau langage pour vos maitresses et le silence
pour moy ; et tandis que cette ruelle
est vuide de ces fascheux qui viendront
bien tost interrompre mes contente-
mens, je veux tirer quelque satisfaction
de cette muette qui ne respond point ;
et n'en pouvant arracher des paroles,
j'en veux au moins tirer quelque autre
douceur. Approchés vous donc, mon
Peton, car vous estes mieux pres que
loing. Et puisque vous estes plus
propre à satisfaire au goust qu'à l'ouie,
recherchons d'entre un nombre infini
de baisers diversifiés, le quel sera le
plus savoureux pour le continuer. O !
qu'ils sont doux et tout maintenant
assaisonnés pour mon goust ! Cela me

ravit, et n'y a sur moy petite partie qui n'y participe, et où ne furette et n'arrive quelque estincelle de volupté. Mais il en faut mourir ; j'en suis toute esmue et en rougis jusque dans les cheveux. O ! vous excedés vostre commission, et quelqu'un s'en apercevra de cette porte. Eh bien ! vous voilà enfin dans vostre element où vous paroissés plus qu'en chaire. Ha ! j'en suis hors d'aleine et ne m'en puis ravoir ; et me faut, n'en deplaise à la parole, à la fin advouer que, pour si beau que soit le discours, cet ebatement le surpasse ; et peut on bien dire, sans se tromper : rien de si doux, s'il n'estoit si court.

NOTES ET ÉCLAIRCISSEMENTS

Les notes de Guessard n'ayant paru ni claires, ni précises, ni complètes, il a fallu y ajouter de toutes façons.

I. *Cette douce Philaphtie a un grand pouvoir sur les ames.*

Philaphtie ou *Philaftie*, du grec φιλαυτία (amour passionné de soi-même) est un mot rare que Marguerite a employé aussi en ses *Mémoires* (éd. Guessard, p. I, ligne 3). Elle l'emprunte à Equicola, secrétaire d'Isabelle d'Este, marquise de Mantoue, et qui avait écrit un traité fameux sur l'Amour : *Libro di natura d'amore di Mario Equicola novamente stampato et con somma diligentia corretto*, Venise, 1536, traduit sous le titre : *Les six livres de Mario Equicola d'Alveto autheur celebre. De la nature d'amour tant humain que divin et de toutes les différences d'iceluy Remplis d'une profonde doctrine meslée avec facilité et plaisir, Imprimez de ce temps plusieurs fois en Italie et maintenant mis en François* par Gabriel Chappuys, Tourangeau, Paris, 1584. Cette passion que l'on a pour soi-même et qui dépasse toutes les autres est, dit plaisamment Equicola, fort naturelle, « car le genouil est plus près de la jambe » (trad. Chappuys, p. 308[b].)

2. *Antheros.* Chappuys, le traducteur d'Equicola écrit indifféremment Antheros ou Anteros, mais la meilleure forme est Anteros. Guessard, qui s'en rapporte au Dictionnaire de Trévoux (note de la page 6), n'explique pas le rôle d'Anteros. Il faut, dit Marguerite à sa bête de somme, qu'une « vertu secrette » agisse pour vous ; autrement à vous bien prendre, vous estes plustost digne de ma haine que de mon affection. Qu'en pensés vous ? Croiés vous que l'Antheros que vous elevés augmente ainsy mon amour et *que leurs mutuels regards* (de l'Eros et de l'Antheros) *et leurs volontés reciproques contribuent à leur accroissement ?...* » Pour rendre intelligible ce passage fort alambiqué, il faut le rapprocher d'une page où Equicola commente Themistius, homme d'État et néo-platoni-

cien du IV[e] siècle de notre ère (trad. Chappuys, l. II, chap. IV, p. 116[b] et 117[a]). Vénus, qui a un fils unique, Éros, plus beau qu'elle, s'étonne qu'il ne croisse pas « en grandeur et stature », et elle va consulter l'oracle de Thémis, car celui d'Apollon n'existait pas alors à Delphes. Et Thémis répond : « Certainement il ne me semble que vous ayez bien comprins la nature et l'esprit de l'enfant. » Un vrai amour peut d'aventure être né seul, mais il ne peut croître seul, « parquoy si tu veux qu'il croisse, l'aide et moyen d'Anteros t'est necessaire, lequel par un mutuel amour corresponde à la bienveillance. La nature des frères sera telle que l'un sera cause de faire croistre l'autre, *se regardans et respectans mutuellement* et germant d'égalle plante. Si l'un défaut sera besoin

que tous les deux défaillent ». Vénus con-
vaincue met au monde Anteros, et aussitôt
Eros grandit et étend ses ailes. Il croît ou
diminue selon le secours qu'il trouve en
son frère, dont la présence lui est indis-
pensable. Anteros, de son côté, trouve force
en l'accroissement d'Eros, et, quand il
le voit devenir petit, « il est faché et lan-
guissant de desplaisir ». — « Temistius par
ces propos, conclut Équicola, dénote que
quiconque veut estre aimé doit aimer
aussi, car si l'amour n'est reciproque au
mutuel, il défaut incontinent. »

Marguerite raffine à son tour et précise ;
elle veut dire que si son mignon ne l'aime
pas de la même façon qu'elle l'aime, c'est-
à-dire, esprit, corps et cœur, et non pas,
comme il le fait, corps et cœur, on peut
craindre que l'Eros, qui est né en elle,

souffrira de manquer de l'aide de l'Anteros, qui est en lui.

3. *Soupirs, pâleur et larmes des amants.* Encore un emprunt à Equicola (trad. Chappuys, p. 234[b]-237). « Doncques entre les autres principaux membres nous croyons que le cœur sente le soucy ou la sollicitude ; quand nous sommes en peine et facherie, nous tirons l'esprit et vent du profond de l'estomac, d'où procede le souspir... Quand cela advient le poulmon se leve, parquoy le souspir est un mal qui procede de luy (du cœur)... Quand donc l'amant est en meditation et pensées de la chose desirée, le cœur s'emplit de facherie et d'ennuy pour le desir de jouir d'icelle. » Mais, comme dit Marguerite, il peut y

avoir des soupirs d'autre nature. « Le soupir n'est autre chose qu'une haleine unie et entrelaissée, laquelle demoure en l'estomac et puis est envoyée dehors avec mouvement..... Il est causé *pour l'imbecillité de vertu* (de vigueur) *et durté des instrumens qui servent au vent* », c'est-à-dire par un défaut de la respiration .

«... L'amant, pensant ne pouvoir obtenir la chose aymee se desespere en soy mesme et à cete heure là, la chaleur se retire au dedans et laisse les parties du dehors froides... Un tel mouvement advient le plus souvent quand nous sommes en la presence de l'aymée : Car *le cœur venant à soufrir*, nous souspirons et *tout le sang court à l'aide de son origine pour defendre son auteur :* de maniere qu'ayant abandonné les veines, nous nous trouvons

pasles, tremblans et froids. . . . .
. . . .
Et pour ceste cause les Poetes tiennent
que la couleur pasle est propre aux
amants... »

« Il faut aussi et est necessaire que quiconque demeure en tristesse envoye
dehors l'humidité par les yeux pour ce que
les yeux sont de la nature de l'eau. » Les
médecins et les physiciens estiment que
les larmes sont causées par les « superfluitez », dont une partie « avec le sang va par
les veines des estremitez qui touchent les
yeux ; de là vient la nature des larmes.
Celles qui procedent de l'ire et mescontentement, pour estre affections du cœur,
courent de ces parties là en haut ; celles
qui viennent pour autre cause, derivent
et procedent du cerveau par les conduits

superieurs..... Les larmes *demontrent et signifient un cœur tendre et benin..... .....On peut faindre les larmes, mais un peu d'espace de temps* ».

Marguerite suit de très près le texte d'Equicola, mais elle le résume, l'élague et le clarifie.

4. «... *Vous feriés bien mieux d'emploier le temps à lire l'Equicola, Leon Hebrieu ou Marcel Ficin.* », c'est-à-dire *Equicola, Léon l'Hébreu et Marsile Ficin.* Ce sont trois des grands classiques de l'amour platonique. Avec Bembo, le cardinal, qui n'est pas nommé ici, et Balthazar Castiglione, l'auteur du *Cortegiano*, ce manuel des perfections des gens de Cour, qui mériterait de l'être, la liste serait complète des

théoriciens, qui, pour me servir d'une expression de Montaigne, voulaient « artialiser » la nature.

Sur Mario Equicola, voir la note 1 et consulter Mrs Julia Cartwright, *Isabelle d'Este, marquise de Mantoue*, traduct. et adaptat. par Mme Em. Schlumberger, Paris, 1912, p. 6, 154, 157 et *passim*.

Léon Hébreu, savant rabbin et médecin de la fin du XVe et du commencement du XVIe siècle, était fils d'Isaac Abravanel, un juif portugais, bon financier et copieux exégète, et il se prénommait Juda, dont l'équivalent chrétien est Léon. Ses dissertations sur l'Amour parurent à Rome en 1535 et ensuite à Venise en 1541, chez les fils d'Alde, sous le titre : *Dialogi de Amore, composti per Leone medico di natione Hebreo et dipoi fatto christiano.* Ce sont

trois dialogues entre Philon et son amante
Sophie (la Sagesse) sur l'essence, l'univer-
salité et la nature de l'amour. Il y en eut
au XVIe siècle deux traductions françaises,
l'une de Pontus de Thiard, 1551, et l'autre
du seigneur du Parc (Denys Sauvage),
Champenois, Paris, 1580.

Le Florentin Marsile Ficin, médecin,
théologien et lettré, est le coryphée de
tous les néo-platoniciens de la Renaissance.
Il a traduit toute l'œuvre du « Divin Platon » ; il l'a expliquée et commentée. Il
en a tiré une théorie de l'amour que, réu-
nis à la villa de Careggi, chez Laurent le
Magnifique, sept Florentins, en même
nombre que les convives du célèbre Banquet, exposent et débattent. Ainsi le
rapporte Marsile Ficin lui-même : Marsilio
Ficino *Sopra lo Amore o ver'* (ovvero)

Convito di Platone, Florence, 1544, que Guy Le Fèvre de La Boderie a traduit du « toscan en françois » sous le titre de l'*Honneste Amour,* 1578, et qu'il a dédié à la reine de Navarre. On voit combien Guessard se trompe (p. 8, note 3), quand il suppose que La Boderie a traduit le *Liber de voluptate* de Marsile Ficin, œuvre de jeunesse en latin, et qui est non un commentaire du *Banquet* de Platon, mais un exposé du sentiment des diverses écoles philosophiques de l'antiquité sur le plaisir (*Marsilii Ficini... Opera,* t. I, p. 1011 sqq.)

5. *Je sçay vos anabaptistes deduits.* Les anabaptistes imposaient un second baptême aux adultes, ne trouvant pas celui de l'enfance efficace. Marguerite veut dire

peut-être que Bajaumont ne se contente pas du premier baptême d'amour administré par sa royale maîtresse et qu'il prétend à une autre initiation, comme si le premier sacrement ne lui suffisait pas. L'habitude qu'elle avait de mêler le sacré et le profane rend cette interprétation vraisemblable — ou bien encore peut-on croire qu'elle emploie l'épithète d'anabaptiste, c'est-à-dire d'hérétique, d'ultrahérétique, comme synonyme de coupable, de criminel, de même que les femmes du peuple dans la région de Nîmes traitent un méchant petit drôle d'*hérégé* (hérétique).

6. *La tour d'airain d'Acrise etoit bien mieux fermée que vostre chambre ; et toutefois Jupiter entra dedans.* Acrise. Il faut

lire probablement Acrisie. C'est la fameuse Danaë, que son père Acrisius, roi d'Argos, avait enfermée dans une tour d'airain, pour l'éloigner de tout contact, un oracle lui ayant prédit que le fils qui naîtrait d'elle le tuerait. Jupiter passa, sous forme de pluie d'or, à travers les murs et les grilles, et il eut de la recluse un fils, qui fut Persée.

La forme Acrise ou plutôt Acrisie est assurément très rare. Le *Thesaurus linguae latinae*, Teubner, t. I, 1900, col. 432, lignes 57-58, n'indique comme référence qu'un certain Sulpicius Lupercus Servastus, dont on sait seulement qu'il a écrit une élégie en 42 vers, *De cupiditate*, et une ode Saphique en 12, *De Vetustate*. On trouvera cette œuvre infime dans les Anthologies et, par exemple, dans les *Poetae latini Minores* de Wernsdorf, publiés par Lemaire, Paris, 1824, t. II, p. 293, avec quelques hypothèses sur ce poète inconnu, p. 195-196.

Après avoir flétri la passion de la masse des hommes pour le gain, Sulpicius Lupercus cite entre autres cas celui de Danaë :

Sic quondam Acrisiæ in gremium per claustra
                                    [puellae
Corruptore auro fluxit adulterium.

(C'est ainsi qu'autrefois à travers les portes closes l'or corrupteur permit à Jupiter adultère de se couler dans le giron de la jeune Acrisie.)

A moins que Marguerite n'ait relevé ce distique dans quelqu'une de ses lectures françaises, il faut lui supposer une connaissance rare de la littérature latine, car il est perdu dans les œuvres érudites de ce temps. Vinet (Élias Vinetus) qui, le premier, découvrit les vers de Sulpicius Lupercus Servastus dans un manuscrit lyonnais des Œuvres d'Ausone, les publia avec elles. Or, parmi les livres de Marguerite, Quentin Bauchart, *Les Femmes bibliophiles de France*, t. I (1886), p. 151, n° 21, cite un Ausone : *Ausonii Opera* a J. Scaligero et E. Vineto *recognita*, Genève, 1598.

A défaut de Vinet, elle a pu avoir en main l'une des deux éditions de (Pierre Pithou) : *Epigrammata et poematia vetera*, Paris, 1590, l. I, p. 27, vers 7 et 8, ou (Genève), chez Jacques Chouet, 1596, l. I, p. 22.

7. Rien de si sot qu'une vieille amitié.

Ce vers de Ronsard est tout à la fin d'une élégie dont la fantaisie du poète a probablement changé l'adresse. La destinataire consacrée par l'impression, c'est Genevre, une petite Parisienne, veuve d'un premier amant, que Ronsard avait consolée tout un an (juillet 1561-juillet 1562), et puis, leur appétit mutuel d'amour étant apaisé, il disait à sa maîtresse un adieu, touchant par le rappel de tendres souvenirs, mais cruel par la désinvolture, on pourrait dire le cynisme de la conclusion. Quentin Bauchart, dans *Les Femmes bibliophiles de France*, signale, t. I (1886), p. 155, n° 49, dans la bibliothèque de Marguerite, *Les Œuvres de Pierre de Ronsard*, éd. de 1587 (et non de 1687, comme le lui fait dire une faute d'impression). C'est probablement dans ce livre qui lui appartenait qu'elle a

lu la pièce qu'elle cite (Élégie 25). A défaut
de cette édition, on la trouvera dans le
t. IV des Œuvres complètes de Ronsard,
par Laumonier, Lemerre, 1914-1919, 8 vol.
(Élégie XX. *Troisiesme pour Genevre*,
p. 107-117).

8. *Les soldats de Philippes qui nommoient toutes choses par leurs noms*, ce
sont les soldats de Philippe II, roi d'Espagne, mari d'Élisabeth de Valois et
gendre de Catherine de Médicis. Marguerite a pu connaître leurs propos d'une
verdeur toute militaire soit par le récit
qui lui en a été fait, soit par les *Vies des
capitaines étrangers* de Brantôme qu'elle
a lues probablement en manuscrit comme
son propre éloge. Trois ou quatre cents

soldats espagnols, qui venaient de prendre le Peñon de Velez (Maroc, 1564), n'étant pas payés de leur solde, raconte Brantôme (*Œuvres complètes*, éd. Lalanne, t. II, p. 88-89), débarquèrent à Malaga, et partirent pour Madrid, sous prétexte de voir leurs parents, et là, dans la capitale du royaume, et, si l'on peut dire, en présence du Roi « appertement », ils « commençarent à crier qu'ilz voulloient leurs payes qu'on leur devoit ; et se pourmenans quadrilles par quadrilles dans les rues, braves (richement vêtus) et en poinct comme princes, portans leurs espées hautes, les moustaches relevees, les bras aux costez (le poing sur la hanche), bravoient et menassoient tout le monde, ne craignant ny justice ny inquisition : pour la justice qu'elle n'avoit esgard (juridiction) sur eux, qui estoient gens de guerre ; pour l'inquisition, il n'y avoit ny moyne ni prebstre que, les rencontrant par les rues, ils ne dissent leur colibet ; à l'un : *Señor frayle, à donde esta la puta ?* à l'autre : *Señor clerigo, como va la puta ?* et autres petis motz pareilz, scandalleux pour gens d'église. » Philippe II, invité à les châtier de leurs menaces et de leurs insolences, s'y refusa. « Ce sont eux, dit-il, qui me font regner ; je serois bien marry donc de les faire mourir. » Il chargea le duc d'Albe de les raisonner et de les décider à s'embarquer pour l'Italie, où en arrivant ils toucheraient leur paye.

9. *Et ne soyez plus si longtemps disciple de Pythagoras,* allusion à une des condi-

tions que Pythagore imposait aux jeunes
gens désireux d'entrer dans son école, on
pourrait presque dire dans son ordre. Ils
ne devaient parler de cinq ans et pendant
tout ce temps ne faire qu'écouter et même
ils n'étaient admis à voir le maître qu'après
avoir passé les épreuves finales de ce no-
viciat philosophique. Marguerite suit ici
Diogène Laerce, l'historien des plus il-
lustres philosophes de l'antiquité, en un
passage de la « Vie de Pythagore » (l. VIII),
qu'elle a lu, soit dans l'édition grecque et
latine de Henri Estienne, 1594, p. 573,
soit dans la traduction et paraphrase de
François de Fougerolles, docteur médecin,
Lyon, 1601, p. 547-548.

10. *La pie romaine, après avoir medité*

quelques jours, sceut imiter les sons qu'elle avoit ouïs. Marguerite résume et brouille les renseignements de Pline, *Histoire naturelle*, l. X, 59. Les pies, dit-il, parlent plus et mieux que les perroquets. « Elles aiment à prononcer des mots, et non seulement elles apprennent, mais se plaisent à apprendre ; *elles étudient intérieurement ; elles montrent par leur soin et leur application tout l'intérêt qu'elles y portent.* » Le crédule naturaliste ne parle pas d'une pie romaine, mais des pies en général. Au reste tous les oiseaux, d'après lui, sont en état d'imiter le langage humain. « Agrippine, femme de l'empereur Claude, avait (ce qui ne s'était jamais vu), une grive qui imitait le langage humain, au moment où j'écrivais ceci. Les jeunes Césars (Britannicus et Néron) avaient un étourneau apprenant à parler grec et latin et de plus étudiant chaque jour..... » Marguerite a mêlé dans ses souvenirs les pies de partout et les babillards de la volière impériale.

ACHEVÉ D'IMPRIMER
LE 14 FÉVRIER 1922
PAR PROTAT FRÈRES, MACON

IL A ÉTÉ TIRÉ DE CET OPUS-
CULE 25 EXEMPLAIRES SUR HOL-
LANDE NUMÉROTÉS DE I A 25

9 782329 083032